游离之岛

许榆枫　著

朝華出版社
BLOSSOM PRESS

图书在版编目（CIP）数据

游离之岛 / 许榆枫著 . -- 北京 ： 朝华出版社，
2022.11
ISBN 978-7-5054-5039-4

Ⅰ . ①游… Ⅱ . ①许… Ⅲ . ①诗集－中国－当代
Ⅳ . ① I227

中国版本图书馆 CIP 数据核字（2022）第 129884 号

游离之岛

作　　者	许榆枫
选题策划	未来趋势
责任编辑	刘　莎
责任印制	陆竞赢　崔　航
装帧设计	刘昌凤

出版发行　朝华出版社
社　　址　北京市西城区百万庄大街 24 号　　　**邮政编码**　100037
订购电话　（010）68996061　68995512
传　　真　（010）88415258（发行部）
联系版权　zhbq@cipg.org.cn
网　　址　http://zhcb.cipg.org.cn
印　　刷　三河市元兴印务有限公司
经　　销　全国新华书店
开　　本　880mm×1230mm　1/32　　　　　**字　　数**　138 千字
印　　张　6.5
版　　次　2022 年 11 月第 1 版　2022 年 11 月第 1 次印刷
装　　别　平
书　　号　ISBN 978-7-5054-5039-4
定　　价　59.80 元

在天空装满云

天方晴时
在天空装满云
我说
每一朵云都是一个诗人的意志

CONTENTS · 目录

我落去一个没有风的世界

一个人，坐着
像是在等些什么
无意间听说风不会来了
今天的世界将阳光享尽

我盘踞在悬崖上方
四肢的温热和血液正在流失
像一条河流宕入岩石的裂缝
还要嘲笑缝隙的狭隘与冰冷

此后，我落去一个没有风的世界
看到一切规划，田野还有落叶排列整齐
冬天还是冬天
没有一丝风来过的痕迹
连寒冷也不能称作冷了

落入这个没有风的世界
一个人，坐着
一些嘈杂和一些晃动
那不是迈向我的
也不是涌向我的

我的手里攥着一颗草种子
身体盘踞在火山的裂缝之中
像是在等些什么

雨季不再来

漫天遍地，扑面而来
似有似无，一株黄色的花开在四月
风的手揽过她的腰身
纤细，柔软
一些曙光打在叶子上
喊不出名字的树，就在那里
多少年，从我出生时开始算起

像是有一些憧憬，弥漫开来
漫到一湾浅色的海
我的心打开了
渔夫、太阳和一些水草
缠绕、牵扯、拥抱和挥手

在这以后，我变得透明——
在水底，在一些人迹罕至处
在高山、深谷还有城市的失落处

仿佛能看清，看尽，看完
一个人的一生，一条狗的梦境
一棵树的死亡

我把一切都交出去了
变成一个黑色的、透明的方块
贴近泥土，身体里装满细沙
我看到一只猫咪沉睡
看见靠近并亲吻它时而抖动的眼睑

又是一个雨季的潮湿
和一个潮湿的房间
衣服像是突然死掉的
挂满了墙壁、地面和我的身体

阳光透过玻璃打在地上
我躺在地上，像躺在草地上
有一些东西开始蔓延开来
在我的宇宙、血管和体内
我开始想念每一个我爱的人
和爱我的人

像爱一个珍宝一样去爱
把一切都交出去的爱
然后站起身，打开房门
走了出去

云朵将你赐予我

一个美好是美好的可能
生命的种种可能
活着是感受呼吸
是将眼睛放在遥远的地方

遥远处
天空洁白
云朵寂静流动
大地流动
河流静止
心脏静止
鱼群静止
一切跳跃的事物静止
我有一匹马
在远处向我奔来

我这一份洋洋洒洒的心意

我这一份洋洋洒洒的心意
在一个洋洋洒洒的月夜
变得透明和缓慢

倘若一份爱意用一张嘴说出来
心也将会随着呼出的气流
变得沉重和寂寥

一份保持永久的爱意
和一张紧闭的嘴
耳朵会听见
眼睛会看见

一条不断延长的路

在一条不断延长的路
延长始终没有目的地和尽头
双足保持站立
路旁一株等待绽放的花
在等待春天
我像它一样
它如同我一般
在一条没有起点和终点的路上
我们各自怀揣等待
在无声的风中保持站立

燃　烧

燃烧是太阳的词语
是天空赋予云的权力
燃烧成水和海洋
花和草因这份炙热而绽放
人类也因这份炙热而悲伤

一个放大的圆，发热和光
生命体自繁华赤裸，自毁灭赤裸
月亮在夜晚裸露
成为一个缩小的半圆

一根歌颂美的笔芯
关紧窗户的耳朵
笔触在此时代替灵魂

重新冶炼的锅炉
也会因为习惯冷却而拒绝燃烧

偶然的一天

在偶然的一天
太阳升起时
神明在午夜点燃象征诗歌的月亮
我漫游在从属的孤独里
遍体充满月色

我与自然

光明，自由，透亮
澈，是清澈的澈
一切象征呼吸
我在这呼吸里
把身体交付深渊
把灵魂交付自然

乐　园

我属于用泥巴捏造的我
和血浆铸成的我
我的十二分意志
十二分用来爱这土地
这土地回赠我的
是一方乐园

它供我灵感和夜晚
生存和死亡
在生和死之间啊
剩余我的意志
仍旧十二分地爱这乐园

灵感覆灭，诗歌重活
夜晚和月亮私奔而去
剩余我的意志
仍旧十二分地爱这土地

我和我的灵魂有个约会

我穿过潮湿的丛林
我的灵魂穿越冷冻的冰霜
我的手牵起我的灵魂的手
我俩的声音在这空气里震荡

当响动惊彻沉默以后
透过绿色房子的玻璃窗口
我望向我受惊的灵魂
颤抖、欣喜和再次地握紧

两份此刻正相爱的茶杯和手套
一份账单：
"请再来三份面包与一份咖啡"

我这糟蹋的一生

这人间荒诞的，长久地存在着
我短暂地拥有过这一生
分秒也不曾落下
死亡是永恒之花盛开的手
这人间也永恒并静默地绽放着
我们在这死里活生生地生
同其他人类分享情感
并长此以往
乐此不疲

我常羡慕一只猫
像猫羡慕人一样
我羡慕树枝上腾飞的鸟
像猫羡慕人有一双巨大的手掌一样
我羡慕太阳可以带来痛感
而我只能藏在夜晚的灯下
惧怕月光的清冷

我羡慕风吹过我的墓碑

风是永恒之花盛放时的清香

我的墓碑在百年前被战火摧毁

它吹过我的手、我的身体、我孤独的魂魄

却带不走我的死去，如冰霜的残骸

我羡慕自然和被创造的食物

它们可以清醒地夺走一切生命的理智

人类为了取食花蜜与蜜蜂开战

我曾为获取一份面包而扼杀我的灵魂

再与无数个自我进行抗争

最后在愉悦过后转瞬死去

秋日狂欢

秋天在秋天里自由
穿上薄外套的身体
在抵抗寒冷时
也温柔地接纳风的侵袭
树也自由，或许是喜欢黄色
满地的枯黄让它欣喜
它挺立着身体在月光下奔跑
失去繁重绿叶的自由
它不再惧怕闪电和雷鸣
它狂喜地，热爱着秋天
我从堆积的黄色中
翻出穿上毛衣的灵魂
再去迎接一场有预谋的狂风！

呼　吸

作为一个能够呼吸的生命体
在广阔的天地间
我的眼睛所能看见的
是在仰望的天空里看见湛蓝
是在俯身的地里看见翠绿
一个生命
在某一刻或是一段时间存活
我在此时用文字表达
这一刻的欣喜

我的一座花园

养养花，养养太阳
当一个光明磊落的人类
拥有当下最潮流的思想
一天洗一次澡
一天活一生地去活
洗澡水用来浇花
太阳光织成风衣
我有一座花园
他们都想来偷走我的太阳

树和云

云和云相爱
树和树相爱
而我和你相爱
是在天空里装满云
在地面上长满树

树的影子
和云的影子重叠
在正午时分
我和你相爱

当我陷身泥潭

他们都喊我是疯子
我只是他们不愿去涉足的
我的身体开了一朵黄艳的花
他们称那花是野花

我生在一个亮丽的夏天
身体干巴巴的
像等无数场不会降临的雨

我的世界是一片泥潭
我是一潭干巴的泥
如果连一朵野花也养不好
我死后的世界便是野草一般的寂静

种种可能的之一

沉默得久便失去了一颗爱人的心脏
剩下的搏斗是唇齿间尚有呼吸
我对这世间还有着一些留恋
未拥有一间空荡的房子
未出版一本关于我的诗集
未忘掉的面包与火锅

大多数人的多数沉默

我沉默着
去投入一片烟波
去成为一段波澜
去奉献火光与热
用我的身躯去筑成高墙
在无数的祝福的声音里
我死去了
也正在重活

生命美好时

生命美好时

写两首诗

一首写快乐

一首写你

生命烦愁时

就去睡觉

一觉睡到天亮

一觉睡到死

远 方

我从未历经过险恶
躺在安逸的小船里流淌至今
只是偶尔摇两下船桨
催促着流水奔向夕阳
我只是有些渴了
便伸手摘下今晚的月亮

第一次觉得人间美好

我第一次觉得人间美好
是在太阳升起的时候
这一刻
阳光属于我
风也属于我

我划着一艘船路过海岸
阳光追随着船尾的波浪
人们还在梦中
然后
我看到他们笑着醒来

我第一次觉得夜晚美好
是在一个风平浪静的湖边
桥下的流水很安静
路灯下的人影很悠闲

我记得
那是一个风清月明的夜晚
其实
我也不记得
那是一个怎样的夜晚

我第一次觉得生命美好
是在失去阳光、空气、鲜花
失去夜语的人和失去海浪与帆之后
直到
新鲜的风从四季向我走来

我在夜晚感受时间的流逝
感受光阴从手中缝隙溜走
于是我再一次沉思
再一次昏睡到明天

幸运极了

希望未来的每一天
都像遇见自己的第一天那样美好
我一瞥镜子里的自己
碰巧经过往南去的风

我向太阳祈愿
希望它助我一臂之力
它只望我一眼
幸运便开始如预期而至

一些可能

我多希望
我用脚走这路
或用船过这河
不为归家，没有目的
只为随风而去
或停歇某处看看风景

远　山

远山与乌云连在一起
空气是新的
树在抖落叶子
风在舒展眉头

我停在山花烂漫之时
满山的风随我奔赴远山
乌云在尽头
远山在尽头

尽头是海子的春天
是我遥不可及的春天
远山和乌云连在一起
空气是新的
树在抖落叶子
风在舒展眉头

孤独的探险者

我是一个探险者
一个孤独的探险者

喜欢风与自由
最后死在风里
死在沙漠的怀抱里
死在悠闲的空气与不会呼吸的湖里

我的世界里有一个大大的房子
一个大大的太阳
一湾浅浅的海

我不会告诉房子以外的人
只敢偷偷在夜里
叫醒睡在乌云里的月亮
借着月光在起风了的窗台，偷偷地
偷偷看一眼藏在枕头下外面的世界

我是一个探险者
一个胆小的探险者
最后死在自己的世界里
死的时候没有太阳，海水浑浊
世界崩塌的时候我将沉沉死去

人类居民

清晨的光束从一阵喧扰中腾起
幸好我已清醒，并久坐窗前
等待人声和汽车声灌入我的耳朵
一缕光缓慢移动，人间苏醒

我久坐窗前
脱去夜晚的深色皮衣
昨日，我的身体接触了太多光线
阳光照在我的脸上
我在白天里生动鲜活
路过一条鲜花怒放的马路
身体在阳光下跳跃

在三十二层楼的玻璃下
云朵也变得真实起来
它们涌向我，举起我
我在云层里穿梭

比盛放的烟花还要热烈
光照在我的身上
在人们下班到睡觉前的一段时间里
城市的生命律动着
我的血液在此时凝固

人流涌向我，捆住我的双手并斩断我的双脚
一个人类居民
在广阔的宇宙之间渴求太阳
在一片热土上热爱他的国家
一缕光照射
一个人类在白天存活
最后死于皎洁的夜晚

我顺着一双流亡的眼睛

顺着一双流亡的眼睛
我看到四季的更迭
我的身躯在四季的更迭中化身狂躁的风
我在扬起的风沙中
看到一双流亡的眼睛

流亡的眼睛缓慢流过沉默的沙丘
沙丘在狂风中裸露沙砾瘦削的肩
此时天边的彩光与暮色融成星系
再用一个夜晚铸成战士的盾与矛

白色和绿色与红色组成善良与火
我顺着这双流亡的眼睛寻找着光
寻找我因战争流血并死去的躯体
尸体呈白色流淌在绿色的和平之湖
我庆幸在死去之前怒斥软弱的灵魂

灵魂填装弹匣并掩埋我倒下的身体
我的身躯在狂风中望向流亡的眼睛
它缓慢地流过绿色的和平之湖
将我的身躯化成一条彩色的船

遇

我没有目的
只是四处散落心情
高兴的时候是春天
悲伤的时候是冬季

我遇见你时
你恰落入温柔的海底
你遇见我时
我刚藏匿在冰冷的云里

姿势不对

树照月亮的影子画了一个夜晚
黑暗指引着轮廓从黑色中走来
甘露顺着冷漠的荒草
落了一地温热

姿势不对
树枝朝着天空
挥舞着无数的枝丫
它昂着头低语

情绪在夜晚释放
"我明明向往你却想逃离你"

姿势不对
无数的枝条垂向地
一枝朝向月亮
它的腰被斩断

"我的身份是点燃焰火的火把

明明想要逃离你

无数只手却把我举向你"

花　期

看，这冬天的花又开了
我一个人走着
便从早晨走到深夜

这花它不吃也不睡
在夜里也开得鲜艳
我怕它冻着
便脱了外套盖上

第二天早上
雪越下越大
盖住了花
盖住了我

告　白

今天我站在这里
我要向你告白

周围很安静
是一群围观的人
偶尔有飞鸟掠过
我也不惊慌

我向行云借来梯子
我向山峰借来一处落脚地
我向大海借来贝壳
我向月亮借来星星
我向山谷借来风
我向上天借来你

我爬上山的最高峰
风带来种子

带来春天
带来漫山芬芳

我用星星装饰这天
夜晚寂静地不说话
它送了我两个白天
一个白天用来想你
一个白天用来等你

一切准备就绪
我将要在这山之高顶
向你告白
满天流云开始聚集
满树星星开始说着梦语

"今天天气很好
我将永远爱你"

一个不完整的神

我不知道掩住口，还是捂住耳
我透过遮住天空的月亮
露出一只眼

我看得到人
像无数只星星
星星会闪着光
人不会
人只会点一盏偷来的火星
与星星争着月亮

我不听
我不看
我不说话
可是我只有一双手

捂住了嘴巴和耳朵
眼睛还是会亮
热风和冷潮我看在眼里
高低与贵贱我看在眼里

会走路的人
会爬行的动物
会飞的风筝
他们在我眼前撕破了脸皮
鲜血与头颅混杂
泥土与鲜花在高山中歌唱

我捂住眼睛，耳朵露了风声
什么肮脏
什么破败
连风也开始鼓舞战斗

我捂住耳朵，嘴巴开始张合
我说肮脏
我说破败
连我也开始参与战斗

我累了
我趴在柔软的云朵里
偷偷地睁着一双眼
做一个不完整的神

一些简单

车，马，木头，骆驼
河流与船
天上的风和你身边的我
你眼中的风车

我愿意当一个信使
最简单的是快乐
最知足的是骑脚踏车

当世界上没有人再写信的时候
我会变成木头
成为船帆的杆
在河流、山岳之间
看车、马、骆驼

最不希望的
有人告诉我

沙漠里没有河

然后你可以成为一根木头

一个风车

月光的洒落

从夏日的消亡到冬日的忧伤
只消一个无情的夜晚
自然完成了对秋天的愤懑

以为人类会做出的反抗
把身体丢给炙热
把灵魂丢给稻田
把双手丢给金黄的麦穗

把月亮融化成月和亮
当夜晚不再是夜晚
冬天不再是冬天
自然不再是自然
冰川不再是冰川

再消一个无情的夜晚
醒来世界都变得无情

远处是风霜
近处也是风霜

那不是自然
那是月和亮的离别
那不是离别
那是月光的洒落

小 孩

桌子的手被遗落
一间空掉的房子
墙上
青色和白

汽车被开走
声音断掉
灰尘和沙坍塌
金色和紫

淹死的鱼缸
粉笔堆成教室
短发和不读书
叫嚷和夜晚

礼　数

在组织这些词语之前
你是我的词语的先行者

太阳照耀我的身体

太阳照耀我的身体

我可能会因为干枯而死亡

或转身向阳生长

太阳用金色照亮我的身体

我可能依然贫穷

金币如若想要融进我的灵魂

我的灵魂会拒绝它

它的光芒会在我的拒绝下沉沦黑暗

然后喜欢待在房子里

等外面的雪积厚积深

然后进入一场雪景也唤不醒的冬眠

断

我的语言是打断的
像这样
我的语言
是
打
断的
所有瞬间捕捉的光和影
是我和语言的共同体
沉陷
是一种呈现出来
你所看到的一切
都是我的幻灭

写给李

一

静谧
是万分的欢喜
街道与街道之间
驶过一阵的长笛
从一个瓦片的缝隙里传出
一棵白桦树停止生长
一阵风停止下落

二

我用偷来的时间奔去见你
月亮扬起月光
而你扬起了手
我知道那不是告别
你的手落在我的手上

我俩的影子相互不说话
我只远远地看着你
你挥手告别

三

我所热爱的
无从猜测
是一个什么样的呢
是一阵风也好
是一场沉默也罢
我承认的一切优点
热爱的一切缺点
我纵容的
一张笑脸就足够

四

明和暗交映
在一个傍晚的辉映下
黄昏照着你的脸

我从一层层覆盖的瓦砖里
翻出一整片思念

五

月光皎洁时
我趁着月光皎洁爱上你
不关乎云
不关乎雨

六

关乎爱情时
我想找你谈一谈
你不要慌忙拒绝我
你看看窗外的风
你再看看我

七

走街串巷时

不经意想起你

接下来

沿路风景便都是你

我感到最自由的事情

我感到最自由的事情
就是从这里走到那里
没人问我从哪里来
没人问我去往哪里

不用担心空空的肚子
不用担心空空的口袋
摘一朵花作为一顿晚餐
揽一缕风做一个游伴

我知道我即将抵达
我不着急
并停下脚步
转身便返往来时的路
我不求目的
只是看看风景

此时
他们要问我从哪里来
我便答
从一个开满鲜花的地方来

倘如
他们要问我往哪里去
我便答
去一个长满荒草的野房子

一朵鱼形状的云

我沉默着爱你
从一朵鱼形状的云开始爱你
就好像
一个沉默的我爱上一个炙热的你
云消散了
再以一个浪尾结束

月色是一种朦胧的颜色

我常抬头看月
我常看见我的诗挂在月亮上
月色朦胧时，诗也朦胧

我的双眼朦胧
我常看许许多多的人，路过我，经过我
我常看他们的背影
他们融入夜晚比我要快

或许是他们不常看月的缘故
他们看手中的酒瓶，看犬吠，看手机
我的眼里盈满月色
他们的眼里涨满血色

我的诗名挂在月亮上
各种颜色从黑色里翻出
像我挂在月亮上

朦胧盖住我的赤裸
我失声笑了
声音在月亮里撞击

撞击朦胧
撞击苍白

第二个夜晚是第一个夜晚的复制
我睡在狭小的船舱里
朦胧盖住我的赤裸
他们路过我，经过我
看手机，看犬吠，看手中的酒瓶

荒　野

我迷失在一个绿色的秋天！
小船和月亮形似
我无法到达河流的对岸

只与树赛跑
每跑过一个它
我便变化一种颜色
直至从深色的枝条中
透出一片荒野

我欣喜或诧异
我的感官变成绿色
我的头发顺着河流流淌
顺着月亮的指引奔赴荒野

荒野消逝于我的头发枯萎之时
河流流过山脉流淌至今

春天，我与十个海子一起复活

寒冷，我活在数十个寒冷里

我和轨道相隔遥远

遥远，是十个心脏不停地跳

在原野跳，在十个热烈的太阳上跳

我穿着薄冷的外衣

你质问我

你一跃而起

头发和指甲在燃烧

我献出我的花束

身体颤巍，我的手失去与世界的连接

太阳过于强烈

我猛烈地献出花束

我与十个复活的海子相继奔跑

太阳拒绝我，推开我，躺在轨道

我漂浮海上，穿越草原

草原和草

生长无数颗草的种子

在风里驱赶着风

驱赶热烈和太阳

没有情人是一件善良的事情

"玫瑰"和"花"是伴侣

它们的孩子是"玫瑰花瓣"

我是分开它们的手

我的手掌扬起风

我又是传扬它们的血脉

我是善良

我是种子

我是恶魔

我采摘它们送给情人

它们的命被我的手折断

我只怔了一下

双脚坠入泥土立在园地

我的心告诉我

没有情人是一件善良的事

因此避免杀掉玫瑰

城市会有一天被踩在脚下

城市会有一天被踩在脚下
巨人的手捧起森林和花朵
人类变成失散的魂魄

他们举起白色的旗帜
从森林到海洋
我混迹其中
每砍倒一棵树便做成一条船

我走遍人类以前的造物
满目疮痍的白
白得透明，白得心慌
一万年也不会消失的白
我清晰地记得它们的名字
"塑料制品"

没有生命的塑料，活着最为长久

他们建立起一座房屋

树起白色的旗帜：

"使用我，丢弃我，掩埋我

我们的死状

是你们一万年以后的样子"

爱的悲伤

喜悦挥动欢庆鼓舞的手
一颗种子结束冬天的潮

翅膀、太阳和春天
一切和爱有关
噩梦、消逝和洪水
一切和悲伤有关

偷懒成为一个人类
喜爱和平，亲密和友善
生命初生是喜悦
结束是喜悦
悲伤是死前回想的过程

我设法我爱一个人，他也爱我
我设法听一首音乐在任何时候
我设法我从未失去过一片花园

我设法在生命当下体验死感
我设法恢复所有的不理智
我设法我的独立是一朵云
我设法一切悲伤只是快乐将至

云端城市

身体是一方容器
安放我们不安的灵魂
血液在脉络中寂静流淌
流淌是一个动荡的死亡过程

在死去之前捐出器官、肢干、衣物
一切的表象将在这里死去
打开身体的锁扣
灵魂飞向云间

云端是城市的灵魂
森林和河流错落
人类只是四处游走的船只

你是夜晚的模样

我熟知夜晚深得沉稳
我熟知夜，晚得深沉
譬如我熟知你的美
当璀璨成为一个动词
当璀璨成为你的形容词
我望向你，是妄想你
是向你祈愿
是一颗火种子的四射
是一切光的热烈
是我的弱小
是我娇嫩的灵魂住在六十岁的身体
我六十岁的身体还会爱
爱一片云
爱一片沙漠
爱每一个与你相像的模样

在偶然起风之时

对这个世界温柔
在日落之后，在熟睡之前
在灯光不算清冷
阳光不算热烈
在偶然起风之时

你是一片落叶却无萧索之意
你是人间的盛放
你是我枕边的梦
我的梦境之大如现实一般
你真实握我的手如梦境一般

我曾是一个残酷的人
因你变得温柔而再不采摘一朵花
你最爱哪一种花？
我问你几遍
你都不说

我领你去看
花盛开的地方盛开出花朵和一个善良的我
我问你好几遍
你都不回答

一辈子只愿待在一个地方
我多想你是蒲公英
而不是埋进泥土的落叶
你的身形干枯却无萧索之意

我是你的甘霖
是凝聚四季消逝的野露
我是你身旁盛放的玫瑰
我的盛放，是为了你的盛放
在偶然起风之时

我的双手抚过你的脸庞
你的笑意，是袭来的春
我因寒冷冻裂的双手
此刻是璀璨的星和夜月
在偶然起风之时

新名字

我们是不同的名字
笔画不同
顺序不同
偏旁也不同

如果敞亮是一个名字
那一定代表月亮
如果在月亮之上
我们的名字是没有素质的人
刻在敞亮上散发敞亮的光色
一万年也不变

我们是不同的形状
长相不同
手指不同
头发长短也不同

如果黑夜是一种形状

那一定代表房子

如果在田野之间

我们的形状是摇晃的稻草

在黑夜里长成常见的黑色

我们的手紧握

在黑色中逐渐敞亮

一万年也不变

新　生

我在林荫路上走路
满树的华光照亮我
一双手牵过我的手
我手上多了一把伞
我撑开这把伞
抖落光的尘纹
接着我的影子
变得缓慢透明

我的宇宙正在逐渐消失
身体在透明里清晰可见
影子在缓慢里快速奔走
磅礴世界燃烧月亮的魂
太阳以一种漠视的神态
庆祝我的新生

致我的面包情人

你多像情人
当我的饥饿在贫穷里惊恐
我只闻你的香味
我的感官替我爱你一次
我的舌尖似已触碰你的柔软
你的身体还在那里
那时我的步伐离你三米
陈列是形容你的动词
贩卖是一个平庸的词语
我和你的主人在透明的玻璃房
双目贪婪，平等地交换你
我们的交易符合法律和规则
我用我所拥有的几枚硬币
替你赎去自由，离开那个盘子！

然后你裹在透明的袋子里
我用我的手试图掩住你的赤裸

你的金黄像是太阳的女儿
你是第一次领略这个人间的美妙吗？
可我已经迫不及待地想要领略你
散发，你散发的魅力

使我第一次萌动自私的想法
我的朋友在泥筑的房子
他们看不见我的自私
是我第一次无法与他们分享
我把你当作我的情人，唯一的情人

诗歌从一个平常的早晨醒来

我是黑夜与白天交映刹那的灰
模糊和清醒涂满绿色的门与墙
我在一个可以看见飞鸟的窗前
等诗歌从一个平常的早晨醒来
它摇晃我的意志、手指和纤维
住进我的大脑、血液和灵魂
颜色、文字和寂静组成我——
我的一天由诗歌开始
我的一生将以诗歌结尾

深　谷

深谷是囚笼
是魔鬼的聚集地
贴了"禁止入内"
人们视而不见

一个接着一个的轻盈身姿
仿佛本该就误入迷途
选择权在他们自己

左手握紧藤蔓
右手松开缰绳
理智是虚无，父母是牵绊

这一刻眼前是深谷
眼里是幸福岸
魔鬼已等待多时
爱情是魔鬼的咒语

我亲眼目睹一个少女在呢喃

思想在日夜纠缠

眼泪患得患失

在噩梦中

杜鹃啼血般哀鸣

然后失掉疯狂陷入黑暗

虚浮一日

每个人睡觉前都会在想
明天的清晨、中午、傍晚
都会有所不同
至少今天走过的路
明天不用再走一遍
至少今天吃剩的饭菜
明天不用再热一热当早餐
这是你闭上眼睛前对明天最简单的要求
却是对明天不敢抱有的最小奢望

重复式生活，是一而再，再而三
昨天，与明天，与今天
上班早起
在熟悉的街口与卖早点的摊主打个招呼
一天便开始了
忙忙碌碌的生活又一天过去
一年的日历又撕去一张

夜晚是幻想的影子

是你一天中最期待的

这个时候脑子是属于你的，四肢也是

你常常躺在床上脑海里在想

明天早餐是吃热一热的剩菜剩饭

还是去路口早点摊点一份豆浆、油条、新出炉的包子

你将自由的手臂交叉压在头下

然后睡着，睡着

便有了答案

美好的事情

希望你遇见的每个人
每件事情都是美好的
不幸与悲伤都会离你远去
你会在大自然的草地上自由奔跑
呼吸每一口新鲜的空气
你将草帽盖在脸上
然后轻轻睡着

我死于这场病

我死于这场病
我只是个路人

我的墓碑立在这里
三月的花已经开了
冬天的寒冷还未离去

我将泥土拨到脚边
捡起一根落寞的枝丫
看着人们慌乱的脚步匆匆
争抢我身旁的墓地

我来到街上
无数个白天黑夜
只望得见灯火闪耀
这城，连鸟也不再飞了

云边晚霞
仿佛随我一起死去
我的眼睛望见的是
这天，连太阳也不再落了

我死于这场病
只是个路人
我想我的死
能换得世间安平
我想所有的悲痛
随我的死去一同死去

我们还有诗歌

我的月夜是一轮孤月
与寂静相比
我是寂静里最为寂静的
人、动物、花草都好
只要呼吸尚存
一切流淌都是星星

是伸向天空的手
我触碰到寂静
触碰到风
触碰到文字
触碰到一个被称为诗歌的家伙

没有头发
没有脸庞
没有家乡
没有一切联系

没有炙热的情感
只要寂静它便存在

我躺在一片流云之中
黑色渲染我的身体成为黑夜
我看见下一个抬起头的人
目光追随我
念无声的诗

心　动

我喜欢这世间所有美好的事物
胜过我自己，也包括你
但你一笑我便心动了
你与春天的颜色一齐来到我的身旁
我每一寸肌肤所感触的阳光
我每一次呼吸所闻过的新鲜的风
我期望我目所能及的地方都是你
你一笑我便心动了
我整个四季都像春天一样

我的主义是一切和平

我的主义是一切和平
如果花朵是鲜血染红的
那天空的湛蓝也不能称作蓝
如果双手用来耕耘
手指的沟壑与缝隙之间是存在的——
存在四季的风花雪月、善良
与充实的胃部
我们吃饱了
是为了有力气去远方
是为了将大脑与现实连接

如果我们生来就活在战场上——
世界只有战场那么大
我的眼泪将为自己而流
为一朵花悲痛
和我自己的命运
我的双手之间是残存的善良与四季的风

如果我不幸或是幸运地死去
请将我的骨埋入田间
请将我的遗信寄往我的村庄
我的麦田、水库和山丘

话语的缝隙之间

一

我是鲜花和彩月
是一切不合时宜的幻想
造就了我的隔绝与脱离

二

我是一个将死亡挂在嘴边的人
风从泥里钻出
我的脚种在土里
如果活着不能长成参天大树
死便是青草
我便是一粒种子

三

某种程度上而言
永不停息的河流是永恒存在的
我们在这一种程度上，等待
等待河流的枯萎
证实逐渐消亡的世界

四

我没有爱人、朋友
只有一座豢养灵魂的孤独之塔
我不甚孤独
世间留一条道路供我行走
我将从荆棘之中走出开阔

五

愉悦过后只留痛苦本身
撕裂破碎的灵魂取走不相干的油脂

六

思念是一种病
倘无思念之人
我便身体健康，长命百岁
我的生命活到够时
便拉一人灌入我的思念
思念是陈腐与败絮的空想
我自由
因为我的词语在他们的炙热之中身亡

七

我不罪恶
始终幸运
甚至善良

八

没有名字
也就没有了牵挂和束缚

我看过许多女人在成长为女人以前
将冰冷的河水饮尽
为了与月经的汹涌来潮抗争

花朵死去的是时间的凋零
我们珍惜一束花
珍惜它的短暂生命

在我们死去以前
花已死过数十遍
它们的最后一遍死亡
是将一个女人的生命带走

当一些开始分崩离析

世界的缺口是分裂、花园和泥土
重塑动物的信仰
农民的双手、布满孤独的月色
一只死在翱翔途中的烈鸟
灰烬燃起在黎明死去之时

我暂时忘记一场雪

我的劳动溢满我的喜悦
一颗麦粒摇晃在贫瘠的冬

叶子是新的，衣服是绿色，朋友是旧时
这一切将我的冰冻融化
我暂时忘记
一场雪曾冻死的皮肤

我躺在雪地上
枕着衣服的褶皱，伸展四肢
一只手握住一团雪
眼睛望住泛白的天

走来的人是从哪里来？
四面八方来，像没有目的的风
我不知缘故地躺在这里
像是等待，没有目的地等待

只看见漫天的雪花

掩盖我

藏起我

惊醒我

在诗歌的世界待到世界毁灭

一

远处是诗歌
近处也是诗歌
我游荡在诗歌的世界里
从不求任何救赎
紫青色的藤蔓缠绕我
灵魂挂在墙上
我的眼前是沥青的文字

二

足够的面包、三明治与花生酱
我在诗歌的世界里待到世界毁灭

无 题

天性在割碎麦子的遗体
焚烧升腾的黑烟
饥饿在欢庆鼓舞
每一次丰收
体内便多一份沉重

任何形式

晨雾消退，唤醒黎明的——
是一张椅子的幡然醒悟
是一个惊扰噩梦的声音
噩梦与清醒之间
我选择隐匿
身体藏进暗夜的浮动之下
一双拖曳的手比拖曳的姿态更有力
撕裂身体只是将撕裂的姿态进行到底
我成为一场噩梦的旗帜
成为一双手去打开一盏等待的灯
昏黄与冷光是我身体的温度
我活着是热血，死后是冰冷
是噩梦的结束，是一盏灯的亮度
是这盏灯是否曾被安置

一棵树的死亡

世界是寂静的，在六点钟以前
我听见一切寂静，在响动
我坐在房间里
寂静从我的窗前走过

它愿意带走我，带我逃离
房梁的压抑，牵扯我背部的手
我从未如此清晰地感知我后背的存在
那是我看不见的一边
正如我看不见的世界的背面
正如我遮蔽的一只眼

我的眼睛此刻是寒冬
我看见一切萧条、凛冽与慌张
所有人的面色是红，不是春天烂漫的红
是被大地遗弃的落寞
我在这般世间成长

我的成长是一棵树的死亡
是将遗体搁置任草木去生
我不是我
是将寂静融化分裂的其中一个

到了我活着的季节

终于到了我活着的季节
我的口袋里的风筝早已等待许久
九个月前青草在这里死去
一同死去的还有我的感官、呼吸和衬衫

终于到了我活着的季节
我大胆谈论爱情
谈论潮湿、口罩和亲吻
谈论一切人们闭口不谈的事情
谈论蜜蜂、赡养和艺术

终于到了我活着的季节
我的鲜血流动在肌肤之下
我的眉目微动在起风之时
我的心脏悸动在与落叶的一次重逢时

我与青草一同呼吸

我的外衣留在去年的冬天
我喜欢这个季节
我此刻活着

比每一刻更加体验到活着的感觉
我在这感觉里清醒、写诗和跳舞

我与青草一同呼吸
我的身体留在每一个春天

我在一个花枝招展的世界

梦境
是无法画圆的
事实和我
是一个我
是千万个我

是海水涌入
是梦境破碎
是一只帆船的死亡

我救起一条鱼
和我丢弃的双臂一起
手指不能伸展
梦是另一个我

如果只剩下一个我
我将和我的快乐、自在、善良一起终老

不孤独
他们从未探知过我的内心
是多么的愉悦

我的快乐和我
自在和我
善良和我

我热爱自然
自然不死
我便始终保持快乐、自在和善良

还有喜悦和诗歌
我活着在万物之中
思想清晰
身体透明

我挥舞双臂
在一个光明的世界
我是我
和无数的我一起

和梦境——
他们不敢承认的世界
是一个花枝招展
用尽浑身解数的世界

光明论

黎明是黑夜的女儿
黑色将光明寄托在她身上

人类向往光明
是将眼睛朝向太阳
将背部留给暗夜

地球如果裸露身体
泥壤和森林以下或是埋葬风的洞穴
风如果有颜色
一定是血红的
因为它的眼睛看过太多战争

我们的女儿

我们的女儿
挺起佝偻的身姿
舒展开阔的手臂
你的手指用来写字、持矛
做一切你热爱的事
丢掉捆绑的绳子
你的身体不需要用一个镜子来证明

你有思想甚至翅膀
是谁将你困住？
是谁用话语刃你的心
我们的女儿
你可以穿裙子、西装甚至裸露你的美好
你无须向任何人证明任何
你要做的是
活着，畅快，呼吸
或屏住呼吸

你的身体腾空，飞跃
一切屏障只是弱小的蚂蚁

我们的女儿
请你以一万种姿态妖娆
你的美丽与美好需要绽放
你如果需要爱人
请冲上前去
毫无保留地
用善良、温柔爱上自己

种种可能

等于句号
等于死者对死亡的尊重
等于热恋与夜晚的寂静相比
如果你在夜晚不曾安眠

等于消散
等于一颗心死在一颗星里
等于洪水与静默的沙丘相比
如果你曾拥有一艘木船

等于寂寥
等于谎言里无限放大的噪音
等于树叶的死亡与写诗的荒诞相比
如果你曾将苦恼视为情绪

等于墓碑
等于将身体裸露在极夜奔走

等于脸面与细微的尘土相比
如果你曾将红色作为新婚的启示

等于一切悲伤的过渡
等于喜悦化为乌有
等于听一只鸟诉说翅膀的沉重
等于人类偷吃碎地的稻谷
等于一双手不能劳动
等于诗歌成为古物
等于我和你之间不再有"和"
而变成你我之间的缺失

做一只引人入胜的鸟

将空巢填满，再做一只养好翅膀的鸟
若腾飞，必将惹起云层的欢呼
驱赶我，是坚硬的云盘
挚爱我，是柔软的云山
做一只引人入胜的飞鸟
死也要死在风沙的乱舞之中
死也要带去一场风沙暴乱后的平和
我的目光流动之处是我的祖国的境地
从高原到低谷之间，是雪山消融的流向
我的目光所及之处
是一切语言和信仰之间的和平

我的生命或寥寥

我的生命或寥寥
或最简单的活法
或最简单的死法——
活得痛快，死得干净
活着不浪费一口空气
死了不占用一分土地

我们做一个人类

春天将一切消息归类于爱情
将外衣丢置，将垃圾桶擦净
再做一个彻彻底底的人类
等喜悦遍满周身
会有一场雨或一束花的盛开
我们做一个人类
不责怪人类以外的事物
内心充满热烈
用炙热的手捧起一切事物的消融

一切重来过之后

我的爱情是迷失我

听沉迷的音乐

再读一首诗的细枝末节

我的爱情是竞放

将一颗心脏盛放

冬天死去的不是冬天本身

是河流的冰释，如同我的爱情病逝

当我的双手捧起爱人的脸

是捧起我自己的脸

准备好去爱上一个人的脸色

在我这里文字不成体统

它们相互之间喜爱接纳，相互包容

我的爱情，没有任何规则

当我准备好一颗爱人的心脏

也准备好了血液即将喷涌

亲爱的凡·高先生

凡·高先生
你的向日葵伸出的最后一只手
带走我的生活——
一个濒临死亡的丛林
一个冬天里的太阳死在你的园地
你是活着
被卖进向日葵的园地
迈进的最后一双脚
陌生人结束提早离去的怒火

在你死去的一百年里
我混为人类的一员
混为拿着向日葵的手
混为一张画布
我的天空早已没有了星
还有月亮何时隐去
在黑色的云层里张望

是悲哀的手
我用这双手偷走你的
是无数的色彩和绚烂的黄色颜料

又是一天，在清晨写诗

在天空之下，地面以上
我是一颗热情似火的种子
当微风拂动时，是俘获我的这颗心
我是细微，或弱小，或毫不起眼
当我将我的颜色和光亮，用尽和耗尽
这一切的消耗是一颗种子似火般的消耗
我是弱小，但我还尚有呼吸
世界浮动之时是微风拂动之时
我是细微，静坐或侧卧
与一扇窗或升起的黎明

今 天

天气很好，阳光很透
仿佛能够看清每一个人
我闭上眼睛
学会爱每一个人
不分他们，你们，我们

你是这无端的良夜

你是这无端的良夜
食摄我心的幽冥
紫蓝色的花混掺流浪的星芒
沁入我的魂魄

你的身躯佝偻
我不再见你年轻的体魄
你跳跃的双脚和坚韧的双臂
随寒风、河流奔赴入冬

我把你想象为我的冬天
而我是这冬天遗留的泥垢
在十米以下的冰层生长
我如果寒冷
一定是望见你的脸颊

你的脸面有些微血色
正如年轻
是我将我的生命体征
透过二十米的光线投射向你

我如果死去
请你紧闭双眼
倘若我看见你的眉目微动
那是我的死去将年轻的血液遗留

当满月时我的寂寞犹在

我的寂寞如同荒草

在春天绚烂以前湮灭

我是关上门窗以后的黑夜

街道、落日和拥挤一并散去

我的寂寞如同孤夜

如同孤夜之中的孤月

我的衣裳是透明

如同透明的糖纸

撕去缤纷的彩带

包裹我的身体是透明

我的寂寞如同双手无力

去建造一座城池

瘫软的士兵饥肠辘辘

我是软弱的孤月

当满月时我的寂寞犹在

当月死时我的寂寞犹在

进行曲

我的意志是诗
我的爱人是诗
我的宠物是诗
我的世界是诗
是漫山的诗
是遍野的诗
和一缕平常的风
奔赴自然
奔赴和谐
再将一切送别

诗歌是附我身体的幽灵

他们在摒弃诗歌
像摒弃我一般
我捡起诗歌的手稿
是捡起附我身体的幽灵
他们在解剖一首诗歌
是解剖我的健康、耳朵
和一颗对花束过敏的心脏
我站了起来，不是走向他们
是往四面八方去
是将情感、手臂
和一张被悲伤占满的脸
丢弃、掩埋或画上喜悦
我此般离去
是将身体开出四朵鲜艳的花
诗性、理性、自然和本我

寂静是默不作声

寂静是无动于衷的
我将太阳放在手边
任它灼裂我的皮肤
穿透云层的光打在地上
——我的灵魂栖居地
我看到无数的生命死亡和重生
一束光照耀死
一片黑暗孕育生

寂静是不曾佝偻的
我挽起佝偻的腰身
一滴雨击倒我
我的身体盛满水
骨缝之间盛满寂静
寂静是默不作声的
是我将身体袒露
任风和谐地拂过我

揭露我微动的眉梢

不需要爱人

我便看见了万物的静默

我是一颗粒子

千万的世界
我是一颗粒子
禁制
使我不曾见过一些绚丽

飘浮之中
一双和谐的手托起我
我喊妈妈，你是从哪里来
妈妈，我是从哪里来

我们就不说话了

我们就不说话了
在一棵大树下倚靠
看到无数的人冲出来，往春天里靠
他们挨着你，挨着我

没有一丝响动
我想是我的耳朵终于坏掉了
我看向你
你看着我的眼睛

这是一个春暖花开的日子
我等着这一天像用了一整个前半生

一个极简主义者

一

我们规整自己
整好礼服和衣帽
背负双手的命运
去投入一场战斗

二

如果今天的我得知
明天的我
将奔赴一场牢笼的盛宴
从今夜起我便不复存在
在一间小的房子死去
月色透过窗
我的灵魂飞了出去

三

我们生在黎明
我们被送向黑暗

我们从夜晚的窗子探出头
成为
一道危险皎洁的月色

四

世界是灿烂的
我把一条腿背在背上
逃离着
离开
去分享喜悦
去撕毁一张枯萎的脸
沉默着走
等
退潮时
用一张红布盖着

五

如果说如果
我可以拒绝的话，不要命也好

就让我成为一朵云，一只鸟
一座寂静的山谷
我想拥有自由和快乐

六

我必须开始反抗了
如果我失败
请将我的灵魂变成一束鲜花
什么花无所谓
什么颜色也无所谓
赎去我做女儿的罪恶
请将我的肉体埋葬好
最好在艳丽的春天
我可以变成一颗复生的种子
重拾我对这世界的热爱

如果我成功

从降临这个人间开始

便亲手去埋葬我的魂

我想我是属于地球的

我又穿梭在云层里了
又一次打破了云朵和天空的爱恋
我像一个赶路人
急匆匆地路过
三秒钟过后
他们又恩爱在一起了
我去海南的路上
天始终是黑的
夜晚的心是透亮的
像一颗星在跳动着说
我爱这高空的感觉
仿佛下一秒就要阵亡
却又一次死里逃生地回到地面上
我想我是属于地球的
否则它怎会一次又一次地宽恕我

做一个刹那之间存在的生灵

是水滴浸透我，将我打了个透明
缓缓，缓缓地
流，流淌
与一条河流，与一片绿地
游，游走
静静，静静地

一些消逝的或本身就不曾存在
活在这个清晰的人间
做一个刹那之间存在的生灵

死去了是静静的
带走一个村庄的善良

一双抓住我的手，又放走我
我缓缓地，流，流淌
与一片云，与一片落叶

分享一朵云

一

你藏在哪里我并不知道
雾太大
只顾着听见风了

二

我想做一朵柔软的云
飘浮在你走过的一路春光里
你的指尖触碰了一缕风
那是我，偶尔想要拥抱你的云

三

一条路走到底
你便会遇见

原来美好是这样子的

四

一段凄惨过后便是一段哀鸣
再是一双向死而生的透亮的眼睛
我隔着数万里云层向宇宙的深处呼喊
也不曾听过回音

五

我一生挚爱的是风
或许我想像风一样自由
我不愿再穿外衣
只想要拥抱它时更加彻底

六

我曾固执地以为
风从南方来，总要到北方去
到了天寒地冻的季节

抓一把过路的风
或许手心就不再冰凉
自然有一天告诉我
南风在路过秋天的时候
往东边去了

七

当风不再往你预期的方向吹
你会不顾一切地追上它
然后把手搭在它的肩上
安慰它被夕阳晒伤的翅膀

八

我想我是一只鸟
我只在我喜欢的颜色里飞
我喜欢飞翔在蓝色里
偶尔拥抱一朵笑起来的云
我还喜欢飞翔在月色里
偶尔亲吻一颗睡梦里的星

九

林间鸟兽的低语
天际灿烂
月亮的光辉
却照不明
谁的眼前凄然
谁满目是黑暗

十

他们自以为是整座山谷开得最美艳的花
他们从来只低着头
然后渴望一场雨
殊不知
长在一座坟头上

十一

我生活在这小城市
心里藏着一头狮子

大多人是如此
自命不凡的凡人
平凡的世界里平凡的生活
夜晚开始梦想

许多人靠着梦度过一生
白天披上白天的行装
夜晚便撕掉厚如城墙一样的伪装
然后喝一杯冷咖啡
昏沉，睡去

我指的是我
我叫"许多人"
小名"大多人"

十二

我有一双近视眼
沉迷在黑夜里寻找一双黑眼睛
一双透明的，明亮的
自由的眼睛

十三

树长在那里
在云里，偶尔跑到梦里
我期待着一个风筝，落在它怀里
然后我捧在手里

我从世间找寻你的美

我从世间找寻你的美
我穿越风雨
受尽数万次雷电
你如初春冰释的蝴蝶
与深秋的落叶起舞
落入盛夏的欢腾
沉睡在寂静的冬天

我曾受尽数万次雷电
穿越风雨
从世间找寻你的美
你沉睡在寂静的冬天
落入盛夏的欢腾
与深秋的落叶起舞
如初春冰释的蝴蝶

两代人

每个人的灵魂深处都藏着一个灵魂

它从光明处指引你

又在黑暗处引诱你

你踱步在一万层云朵之上

稀薄的氧气却让你从未如此安心

你掉落在一万朵云层之间

洒下一道金色的阳光

发誓不做好人

也不做坏人

我并不是个安分的人

席地而坐
将腿部蜷缩到，他们看不见的后面
点燃一根风筝的引子
我看到有一些绽放了，有一些仍旧死去的花
我的身体一半也在死去
一些曾死去的死得更加彻底

第一次看见这么多人，和我有同样的五官
我们都不出彩，无法与春天抢夺艳丽
我并不是个安分的人
你第一次见我便应该明白
就算我不说话
我的心底早已驱逐寒冷
你握一握我的手
是不是像春天一样，卷土重来

如果我是一朵花

选择拾取，黎明的花束
选择将我的孤冷隐匿
选择忽略一个个体
正如我看见逐渐消逝的我
正在不合时宜地生长
如果将凋零和死去对比
还有什么生命值得我们珍惜？
我拯救一朵花
它和我同眠
如果可以，我将替代它的死
我感受的冰冷、苦难，和无法忍受的摧残
都会变成它成为人类所遇到的和谐
如果我是一朵花
来年春天再见吧

你还好吗?

你还好吗?
你好吗?
为何你的呼唤会让你的眼前像迷雾一般?
为何你的手指无力到连一份碎屑也无法握紧?

你还好吗?
你是多么孤冷
你的世界为何布满白色的冰川?
你的膝盖磨破了,无法直立的腰身
你的双手为何掬不起一捧水?

你还好吗?
他们路过你,走过你
却不向你质问一句
你的眼泪不要流下,不要流
若是生在这凄苦的人间
若是你对这人间依旧热切

若是这人间本就凄苦

你还好吗？
还好吗？
为何你拥有一座花园内心依旧寂寥？
为何这双手掩面而泣不用来养育花朵？
为何你将善良和热忱扔进地底？
为何你的双腿盘坐从不站起？

去一些地方
去热爱阳光、星月、大海和所有的美好
带着你的善良和热忱
去爱上每一个使你感激的人

我来打理你的花园
种下的每一朵花
会在每一个起风的日子
为你寄去

我守着一株黄色小花

我把太多遐想与想象
想成你
想象一阵风带来你
一粒稻谷长成你

你不过是无数个日夜我思念的人
第一次彻底地感到自己是个人类

千丝万缕的风扯动我的手
如果我的手第一次握紧你
你无须讶异
你尽管将我抛弃

你是风，应该去更远的地方
去城市里，去离我遥远的地方

我守着一株黄色小花

在一个与世隔绝的地带

我只思念你一次啊

连风也不曾来了

他们都不听我说

我从原先起就是个悲伤的人
可是我好像没有资格悲伤
我的周遭是快乐的、充满色彩的
我几次流露出悲伤，像是作了几次孽
要用弯起的膝盖才能赎罪

我希望我不曾拥有过父母、爱人、朋友
希望遇见我的人都会擦过我的肩膀
我离开他们是因为我太过悲伤
我逃离他们是因为他们太过美好

我太过悲伤，这个世界太过美好
无法做一个知足的人
因为一颗心脏太大，足以装下宇宙
因为宇宙太小，我的悲伤会溢出

四个我

我的身体里住着四个灵魂
诗性、理智、自然和本我
自然很凶
理智会疯
本我迷失
诗性大发

二月十六

今年是她离去的第三年
今天距离她的离开已经过了整整三年之久

我无数次谈论死亡，但我不曾遇见死亡
不曾历经，不曾将身体交付于它
我曾看到至亲的人离开
她只是将眼睛闭上
是在一个寒冷的日子
我握住她的手
是一种不似寒冷的冷，不似冰冻的冰
更像是冰释以后的凉
我的意识像是初醒
原来死亡，是无法相见
是想见只能在脑海里见

我想象自己变成什么

太阳喊醒惺忪的眼睛
双眼困顿
是眼泪流干后的乏
活着
呼吸
吃饭
洗澡
睡觉
将自身本能的事情进行到笔画用尽
用尽灵魂去阅读

我是一个人类
比一些弱小强大
当风吹起我的鬓发
我读一首诗
再看见诗句变成一片轻软的云

世界的颜色是发亮

黄色的亮

白色的亮

路灯的亮

比一些惨白虚弱

我站在无数的高墙上

耸立

倒闭

挣扎

……

我是它们的一员

比微风细腻，比云朵柔软

我看到整个人间一片祥和

什么是枯萎呢？
不是凉意的秋，也不是悲冷的冬
而是整个人间一片祥和
一切都在复苏，一些却仍然死去

来来回回奔跑
反反复复纪念
在我们脑海和身体里存在
不经意间，荡然无存

我们需要交谈
需要把肩靠在一起
把手指交叉
把无数个夜晚想成一个夜晚去安眠
把春天和其他季节分开
把冬天的雪寄往一个枯死的平原

我们各自说话

耳朵会在一刻之间失去响动
如果把每一个动物都养在自己的角落
那也不再需要春天
平原也不再需要雪

每一次春天不经意的缭乱
枯萎会选择再一次死亡
每死一次
我便看到远处的平原落一次雪

他们踩死一滴雨

下小雨
静止的檐窗
水滴
一滴，两滴

车声没有了
我想
该是人间有万般恶
一次雨洗净一次孽
分明见到一滴雨的感情
低落，再滴落

我的脸和着透明
和着一个深思熟虑的夜晚
路灯亮了
我看见人影走出来
四面八方的

他们踩死一滴雨
无数的水坑形成
他们落下去
怪天气不好
一滴雨爱上一个足不出户的人

他常常站在
一个敞亮的落地窗檐下
一滴雨滴落
他看见无数的人走出来
无数的声音
和一个平常的夜晚
它的生命只有一扇窗的长度
滴落，再低落

顺其自然

该去怎么形容你？
我的词语是跳舞的星子
懒散，不懂幽默
你是怎样的皮肤？
我想无论怎样你也是爱笑的
你往后的悲痛已被我扯入风中，流逝
你便做个爱笑的人
将一切愉悦的词语用尽

你是否会因一场风的波动而波动？
我想你是极爱浪漫的
可我是个烂漫之人
我想你是钟爱绿色
你是森林、春、山顶之花
否则我怎会如此钟爱于你
钟爱你的外衣、你的手、你的印记

该去怎么形容你？
我的词语贫乏，我的阅读极少
往后我读一纸书便为你写一句词

该去怎么找到你？
你在哪儿？无论什么姿态、样貌
我随着的风去了，离去，远去，去哪儿又如何？
你在哪儿又如何？

我的命还久着，还有许多书未读，词语未用
你等我吗？无论在哪儿
森林、河流、高原、低谷
我是一缕风，你等我吗？
不用特意，一切顺其自然的
你在那儿，我朝向你
休憩，奔走，逃离，无论如何
顺其自然地将一切往你的方向去

饥饿是我的灵魂在体现贫瘠

饥饿是我的灵魂在体现贫瘠
我的胃部长满荒草
我的双手废弃
截断的双腿无处安放

我用力呼吸
闻不到阳光的肺
死灰一般
烂泥一般
瘫软，无力，消极，动弹不得
我的身体不再拥有动词的属性

一颗糖，无处不在
是一颗毒药，毒花，毒蛇
我驱车赶往
贫瘠的灵魂拖拽肿胀的胃部赶往

一朵花死去了

我吃掉一朵

坚硬、柔软还是烈性的

我看到许多人进食，我融入其中

贪婪，凶狠，自私，我看了原始的本我

吃掉一朵花过后，天空便消散一片云彩

许许多多的形状，我横穿其中

最后连影子也一同消失

我进食，吃掉，吞咽

我不停地吃，不断地吃，反复地吃

我看到一个像是活着的我，重复这些：

拾取，咀嚼，吞咽

拾取，吞咽

吞咽

我活着，当一个动物活着

　　吃一朵花、一棵树、一个生命、一朵云、一滴雨、一片海、一座花园、
一座城市、一个村庄、一个国家、一个世界、一个宇宙、一个粒子、
一束光线

像是突然
一个我，和无数个我对坐
我们之间
像是把寂静、沉默和孤独都吃掉

我们看到的地方
近处、远处和山的对面
我们看不到的地方
我们的背部、后脑和山谷的阴影
饥饿在充盈我的大脑
填冲我的血液

我好像活着
是感受到饥饿的胃部
和
灵魂正在升起的旗帜

我没有什么可赠予的

一切的无常和有常
都会变成一颗星子
那些即刻死去的——
人、树木，焚烧和坠毁

活着的人知道
在死之前死亡的可怕
已经死去的，不再知道
升腾的烟火不再是庆祝
是讲告别，讲许多的死和逃离的生

悲伤占据我，一整个下午和晚上
我还活着，还在思考，还在幸福
还在用我的今天，明天，后天
去记住一件小事

死亡占据我，食物占据我

我变成即刻的悲伤
相识或不相识的人
再见，你好

我没有什么可赠予的，唯有祝愿
唯有贫穷的口袋、饥饿的身体
和一颗正在死去但仍燃烧、燃烧、燃烧的心脏
唯有祝愿，祝愿
鲜花、雨滴、草地和一切生命
去拥抱
去相识
去感受
我们和我们自己
他们和我们自己

我想我此生都在寻找

抓住了一些什么

清晰的，透明可见

一根绳子锁住我

喉咙，肢体，语言，全部失灵

捆住我，撕咬我

直到变成一个

连哭泣也不能自由，连悲伤也无法掩饰的罐子

月亮还是死去的海水

漂浮，还是破碎

又或是不再降落的伞

我想我此生都在寻找

一片允我降落的青青草原

我无法停止的悲伤、无法制止的忧虑

一刹那涌来，扑灭我刚搭建的

燃烧火堆、木城堡、墓园、木色栅栏

直到我融入暮色

变成一个提起脚走路的女人

当我站起身来

今天的太阳来得勇敢了些
一切都是风轻云淡的
花草，房屋，园子里的绿摩托
稳稳地睡着，等着醒来

我看见一朵云飘浮
我跟随它，它向着我去的地方
我向往的地方，往云的方向走一百里
再走一百里，再走一百里
没有止境的，直到我看见了
天愈发黑，不再见云

我想我知道，云就在那里
往着它去的风向，我去的方向
只是我暂时蒙蔽的眼
点无数的灯，也无法预见

我知道，云就在我的上方
它依旧存在着
就如我是一个活生生的人
它是一片活生生的云

我盘腿坐着，等待
需要一个夜晚，等候天明
预料不到风往哪里去
我知道当我站起身来
便可以望见，云就在那里

把一切悲伤过渡

我们蛰居在彼此的身体里
像是爱上一个不归家的旅客
在一个关乎音乐的节日
坐一趟游行的车
好似一切悲伤都被过渡掉了

留在彼此身体里的
最后落到心底
将一地破碎收纳
升起一场烟花

尤记得第一次见面时，你戴在手上的表
尤记得你躲在草垛里，像一条河流半掩着流向
你说
我们是散在地面上干枯的蒲公英
没有城市
没有故乡

连飘动都没有浮力的支撑
落在哪里也无人问津
又是一株开得不合时宜的花
开在哪里也无人知道

过春天

第一次如此清楚地体会感官、知觉
做一个动物不自主地停留在一座花园
成为一条河流不受控制地向往海洋

春天先闯进了我
唤醒我身体里的银河
我承认是我先打开的

在一个四月里，我活满三十天
不遗余力地，将遗憾焊死在三月
每一天活着
都带着明天将去赴死的决心

穿春装，喝花茶，袖口装进一本诗集
把我的里和外装点得明亮
他们看我，我看向他们，相互微笑
当第一个春天去过

用一颗车厘子把春天收买
引领过来的风，和煦、自由
我将幻化成为一缕优哉的风

优哉，游哉
再将我的身体交给四月
河流和村庄

设计奇遇

在模糊与薄雾之中和你巧遇
我形容你是书籍、彩月
还是死去的枯叶

寻你许久
从一个世纪之前开始谈你
游行，街道，落日，星星点点的
装饰我，一个苍白的梦境和无力垂坠的发丝

设计巧遇，从一个清亮的晨开始
我们，汽车，高厦，绿草木
一个原始，未被踏足的森林

趁着交出银币的夜晚
逃跑，驾驶一辆汽车，飞舞，旋转，踩下油门
坠落，腾空，亲吻一只鸟，然后窒息

我的一座坍塌的花园

什么样的颜色能够带走我？
什么样的壁窗能够使我停留？

我是穿戴整齐，还是色彩鲜艳？
你留住我吗？今夜月色死灰，似我没有的脚踝
我的右口袋里漆着黑色，白色绿色一切颜色间杂
垂死挣扎，并疯狂踊跃的现实与虚拟交替
还我一座城堡
还我一座坍塌的花园
一些消逝的至今无迹可寻
没有气息是无法寻找的
像捏住鼻子就可逃过的一劫

谈 论

讲许多话给你听

和你谈论，交换眼神

谈论第一次遇见

谈论一个寂静的黎明

谈论春天

谈论你爱的花、茶叶

谈论每一天活着

谈论早餐和牛奶

谈论一杯水的凝固

谈论一些没有的和正在创造的

谈论远古和年轻

谈论生和死之间的距离

谈论手背和一条倾斜的腿

谈论书籍、诗歌和摇滚乐

谈论每一天活着和每一天正在死去的人

谈论世界，遥远和宇宙

谈论女人，世界和灵魂

我们是孤独的附着品

在悬崖和危险之间选择静默

选择生存，和放开一只手

我和我的游离之岛

痛苦万分是将一万份悲伤叠加
沉默也如此
我消逝于太阳西斜之时
海水沉默，灯塔闪烁微光
一只海鸟抖动残半的翅膀，生命没有完结
我游动在一片浮萍之上
向着我的游离之岛

一条船顶风破浪地逃
我听见世界的响动
我的感官微弱，四肢和耳鸣构成我
此刻的我像个独居的人类
忘掉爬行、舞蹈和一切原始的生命象征
晚宴和篝火撩拨我，一棵草拂动我
我时时刻刻地走，身体摇摆不定
像一座古老的城，死于战争、坍塌
陷入泥沼，垂死挣扎

什么才是我？

什么才能体现我？

什么能够构成我？

在某一个四月的清晨

忘掉一个四月里所有的悲伤

喘息、体弱和一并流失的汗水，黏合我，将我松绑

听不见世界的响动，连车流和人声也一并死去了

留下我的，游离我的，躲避我的，和我的一所房子

我的房间是一处被遮蔽的绿荫

我在这里活着、吃饭、言语，做一万个梦

一万个梦里我都在活着、跳舞和狂喜

该用什么留住我？

该用什么掩饰我？

该如何将我的身体流向一片海域？

我的世界是游离的分子，复活的岛屿和孤傲的森林

我该如何寻找我的信仰？

他们涌向我，聚集我，又逃离我

你们紧跟我，拥抱我，又撕扯我

每时每刻地做梦

醒着，做梦，逃离、跳跃和旋转
构成我的梦和我的复杂
每时每刻地寻找着我的极点

某一天的早晨，我的窗前掠过一只飞鸟
紧接着我看到了一座岛屿向我奔来
它硕大的身体在我眼里被揉成细沙
鲜活的生命力，我看到它的呼吸
一条流动的血路、筋络、搏跳
我第一次体验生命的力度
随之而来的是我的喜悦、感动和善良
一个一个光明死去了
带去的是永远缄默的黑暗
我行走在无数个黑夜里
看到我的母亲将我诞生于和平

你是我保存的一份永久的沉醉

你是我保存的一份永久的沉醉
枝繁叶茂，永恒的河流将我带向你
以一种火山喷发的速度向你奔涌而去
然后诗和月亮充斥着我，占满我的身体
我的这里曾经寸草不生

寂静，鲜活，和一个我

一

喊醒我
一个被埋葬的器物
久久地仰望太阳
一个不知死活的个体

二

我找我自己
看见躲在花簇中正在蚕食的我
一些正在死去的花
它们的死状不是痛苦
更是一个战士受尽屈辱后赴死的英姿

三

我是寂静
万物鲜活，和一个我
世间有许多条路可以走，我跪姿俯首，将耳朵贴近地面
得到一个没有信仰的人死前的忠告

四

我的信仰是一座雪山
不会死，不会消融
我向他去，是匍匐，或是行进
我的生命不是长久等待，死亡是我必将经历的

五

它在一条崎岖的山路寻我
磕碰，跌倒，将身体置于危险之中
如果遇难，它会像一颗碎石坦然死去

没有名字

一

归顺是一个王朝拥向另一个王朝
我拥向你是把心归顺你

二

我是一个极简主义者
已经准备好把自己的身体丢弃

三

你们赐予我血液
却无法灌养我的灵魂

四

你的国度和我的国度不是一个国度

五

饥饿，瘦削的肩
太阳的脸色，手指的长
女孩的头发，河流
你是语言，我是通行者
利索，藏羚羊，月色，饱满
公路被碾压，我是车，轮胎是手，思想是国度，你是我
你是皮扎尼克，词语，药片，热量
我不是我，我是逃离

六

我的情人不是情人，是情人之谷的领主
你是末尾，你拯救了我的碎裂
撕开愤怒之后燃烧玫瑰的手
在暴雨暂停父母养分之后

交代，婚姻，眼光交换，碎片
我窥伺族谱没有我的名字

七

没有名字的人，性别女，出生编号零
生命无效

八

从来没有现在，当大脑出现"现在"这个词语
现在已经过去，可以说，现在永远存在于上一秒
当我现在开始写，现在已经完成，在上一秒已经完成
从生命的角度来说，现在永远死去，从未活过

在原地等待的我该有的耐心

在原地等待的我该有的耐心
是摒弃一些和我不相同的矛盾
我的核心是将我交出去，抽干我
我的灵魂被俘获
剩下和我交谈的
是一棵摇摇晃晃的野草
或是路过我的一只巨型蚱蜢
或是一双无辜的手

我想把所有的美好强加

我想把所有的美好强加——
我路过的，路过我的
我看见的，我看不见的
在我眼前的，在我背后的
一切，所有，全部
降生在黑夜里渴求光明
临终之人死前的存念得到释然
没有爱情的人拥有他们的乐园
我的声音使我听得到——
地球变成永恒的居住所
树木得到永生，河流不会枯萎
所有的死亡向着太阳
所有的安眠得以祝福

活在死沉沉的黑色的夜

与朋友交善，并把恶留给自己
同他们谈电影、生活、食物
不与他们谈及诗歌、断食、书籍

同他们笑，在他们面前
我的灵魂是死去的
活在他们眼里的身体
是一切表象的存在

我是太阳的光
从太阳出发到光落成影子
我是迸发的闪电
只用激情跟他们跳舞
我所到之处
他们只看到我的结果

我实际是一道光线

速度太快以至于我消失在光里
光走后我就是夜晚
夜晚是诗歌和皮扎尼克的具象

我的眼泪活着
身体在白天交给挚友
我开始感同身受
所有毛孔都散开呼吸
吸收光线遗留的诗性

我不懂花为何开在这样一个夜晚
无心浇灌它
我同我的官能一起活着
我不懂花为何一片花瓣也不曾掉落
活在死沉沉的黑色的夜
把自己捏成花的模样盛开

思念是绵延的山脉

思念是绵延的山脉，无限地绵延
我在这绵延里端坐
黄昏从未如此安静
更多的是飞过一只鸟

我的思念是绵延的山脉
我的思念是对你的思念
你是青草，你是苔藓
是一切绿色颜料的原生

我活着
像绵延的山脉思念着绵延
我的思念
像一条河流一样地流着

山脉始终在不断绵延的山脉里不断地绵延
至山色绵延至月色将满

我的思念在这绵延之中
如河流汇聚时的汹涌
如河流分散时的平安

献给皮扎尼克

生命献给夜晚
我将我的夜晚献给诗歌

我的灵魂和肉体各自生活
肉体承受痛苦
灵魂享受欢娱

我的诗在夜晚的一个灯下
诗和我都需要光
一对手指敲打
一支铅笔沉睡

我将我的诗歌献给皮扎尼克